穿过
一无所有的
空气

〔加〕玛格丽特·阿特伍德 著

李琬 译

DEARLY

MARGARET
ATWOOD

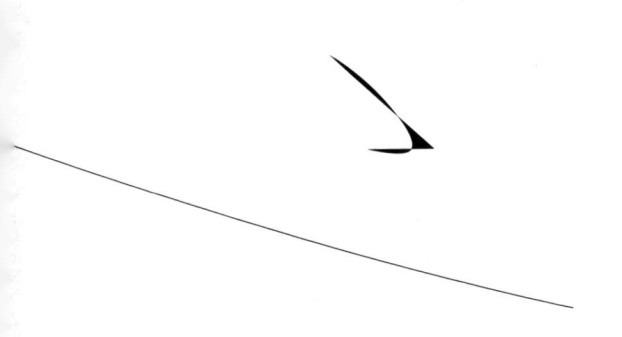

新经典文化股份有限公司
www.readinglife.com
出　品

献给

已经不在的

格雷姆

亲爱的读者：

最近我在重温满满一抽屉的旧作，它们是我在十几岁到读大学的那些年间写下的。我一直在涂涂写写：小说、散文、戏剧。还有诗歌：完成的，未完成的，半完成的。大部分都相当糟，但整体数量庞大。其中一些诗，我曾充满期待地寄给杂志社，然后收到回信，上面加了印戳，那些诗——大部分——就这样原封不动地寄了回来。诗的主题多种多样：牡丹，一九五六年匈牙利事件，冬日，砍下的头颅。一切常见的事物。

这些诗是用钢笔、铅笔、圆珠笔——只要是手头有的笔——写在各种各样的纸上的：有横纹的、空白的、白色的、黄色的、蓝色的——同样，只要是手头有的纸。看着《穿过一无所有的空气》里那些诗的手写稿,我发现我的写作方法从未改变。我只是在笼统地使用"方法"这个词;我从没有过任何方法,也没有修习过任何可能教给我写作方法的课程。五十年代后期的加拿大还没有这样的课程。

在出版诗集的同时,我让那些手写的诗稿慢慢在抽屉里累积。我会对其中一部分加以审视,用我平时打字的四根手指把它们打印出来,修改,然后再次打印。我时不时就把这些打印好的诗放在地上——很像电影《小妇人》里,乔处理她手稿的样子——接着重新排布,增加,废弃,反复琢磨。

《穿过一无所有的空气》中的诗正是这样成形的。先是手写,放在抽屉里,然后打印,修订。这些诗写于二〇〇八年到二〇一九年间。这十一年间,世界变得更黑暗了。我也更老了。与我亲近的人们离世了。

诗歌处理的是人类存在的核心:生存、死亡、更新、变化;还有公平与不公,非正义与正义——有时候。世界的各个层面。天气。时间。悲伤。快乐。

还有鸟儿。这部诗集里的诗比以前更多地写到了鸟类。我甚至希望下一部诗集里能有更多的鸟,假如还有下一部的话;我也希望会有更多鸟儿活在这世界上。

让我们一起保持希望。

玛格丽特·阿特伍德

目录 Contents

第一辑

3 迟到的诗

5 鬼猫

7 盐

9 护照

11 暴风雪

14 椰子

16 纪念品

19 锡樵女做按摩

21 假如没有虚空

第二辑

25　卫生课（一九五三）

27　一幅风俗画

29　公主衣装

35　蝉

37　蛞蝓的双重交合

40　其他所有人的性生活

43　背叛

45　弗里达·卡罗，圣米格尔，圣灰星期三

48　卡桑德拉考虑拒绝礼物

50　影子

52　献给遇害的姐妹的歌谣

62　亲爱的人们

65　发掘斯基泰人

第三辑

71　九月的蘑菇

73　雕南瓜灯

75　无人机扫描残骸

77　燃烧

80　狼人的最新消息

83　僵尸

86　外星人到来

92　孵蛋的塞壬

94　蜘蛛的签名

97　在翻译研讨会上

第四辑

103　在疯人林中漫步

106　羽毛

108　致命光线意识

110　对鸟类的恐惧

112　关于狼的短镜头

115　桌面布置

117　根据叶芝一诗的首句即兴而作

119　"北极之心"

125　塑料世组曲

141　追随雨水

144　哦孩子们

146　诸神的黄昏

148　这片峡湾看起来像湖一样

第五辑

153　有一天

157　悲伤的器皿

159　寒假

162　草料脚

165　狮心先生

167　隐形人

169　银拖鞋

172　内部

173　终止

175　祛魅的尸体

177　深深

182　黑莓

致谢 ——— 185

Volume

1

第一辑

迟到的诗

这些都是迟到的诗。
当然大部分诗
都来迟了:太迟了,
像一位水手寄出的信
在他溺亡之后送达。

这些信,已来不及带来抚慰,
迟到的诗也一样。
它们仿佛从水中漂流而来。

无论曾发生什么都已经发生过了:
战役,晴朗的日子,在月光照拂下
陷入情欲,告别的吻。诗
像漂浮的残屑被冲上海岸。

或者,也像是吃晚餐迟到:
所有的词都已变凉或被吃光。
恶棍,窘境,溃败,

或者徘徊,等待,片刻,
被抛弃,哭泣,孤绝。
甚至是,爱与快乐:被反复啃噬过的歌。
生锈的咒语。磨损的合唱。

是迟了,非常迟了:
来不及跳舞。
不过,就唱你能唱的歌吧。
调亮灯光:继续歌唱。
歌唱:**继续**。

鬼 猫

猫也会患上痴呆。你知道吗?
我们的猫就会。不是那只黑猫,它聪明得
足够神经质且用不着兽医。
是另一只,皮货商的暖手筒,一团毛绒球。
她会在人行道上扭来扭去
偶遇什么路人,就用胡须蹭蹭
他们的裤脚,虽然这时她还没开始丧失
那大概可被称为她的头脑的东西。她徘徊在夜晚的
厨房,这边咬一口
番茄,那边尝尝熟透的桃,
一块烤饼,一颗正在变软的梨。
这是我该吃的东西吗?
大概不是。但该吃什么?又去哪儿吃?
接着她上楼,步子轻如蛾翅,
目光锐利如鸭,哀号着
像一列小小的、毛茸茸的蒸汽火车:嗷呜! 嗷呜!
如此呆蠢又头脑空空。哦,是谁?
抓挠着对她紧闭的

卧室门。放我进去，
把我关起来，告诉我我是谁。
没有好处。没有咕噜声。没有心满意足。回到外面
餐厅的漆黑洞穴里，
进进出出，孤苦伶仃。
当我往那边走去，她毛发竖起，开始咆哮，
对着你的气浪抓来抓去：
不管我宣称我是谁
或者我有多爱你，
请转动钥匙。把窗封好。

盐

那时生活是美好的吗?
是的。很好。
那时你就知道生活是美好的吗?
就在当时?属于你的时日?

不,因为我那时正在忧虑
或者也许饥肠辘辘
或在昏睡,度过半数时光。
时不时地出现一颗梨子或李子
或一杯什么喝的,
或白色布帘,起伏翻卷,
要么就是一只手。
还有那古董帐篷里
柔和的灯光,
洒向美,完满,
交缠的身体彼此爱慕,
继而炽燃,继而熄灭。
海市蜃楼,你断定:

一切从未存在过。
尽管它就在你身后,
你的时光铺展如阳光下的
野餐,仍在散发光彩,
虽然此时已是黑夜。

不可回头看,他们说:
你会变成盐。①
但,为什么不?为什么不看?
难道那不璀璨?
难道那身后的景象不美?

---

① 根据《旧约·创世记》,当神毁灭罪恶之城所多玛时,天使让城中居民罗得和他的妻女逃走,但要求他们"不可回头看",结果罗得的妻子还是回头看了一眼,于是变成了盐柱。——本书注释均为译者注

护 照

我们保存它们,正如我们保存
孩子们第一次剪下的发绺,或者
那些早逝的爱人的头发。这就是我

所有的护照,安放在文件夹里,都被
剪去一角,每一页都铭刻着
我已记不清的旅行。

为什么我四处漫游,从那里到那里
再到那里?只有上帝知道。
还有那一串幽灵般的照片

努力证明我是我:
脸庞是灰白圆盘,鱼眼睛
困在正午时刻的光闪里

带着刚被捕的女人才有的
被猎人灯光照亮的忧郁凝视。

依次排列着,这些照片就像一张

不断趋于黑暗的月相表;或者
像注定每隔五年现身海岸的
人鱼,每一次都变得

更靠近死亡一些:
皮肤在干燥空气中渐渐萎缩,
红褐色头发失去水分而愈发稀薄,
发笑或哭泣都招来咒骂。

暴风雪

我的母亲,在熟睡。
她的身体蜷缩如春天的蕨
尽管年龄将满一个世纪。

我对着她朝上的那只耳朵说话,
它像起皱的石头挺立在
层叠的枕头山上:

你好!你好!
但她紧绷着身体抗拒
醒来。

她去了太深的深处,如一位潜水者
跃入危险洞穴:
那里空荡荡一片。

然而,她在做梦。
我能从她皱眉的样子,

和她粗壮的呼吸看出。

也许她正摸索着
潜入另一条白色河流,
或走过冰面。

她上方的空气,她的床所在的
有家庭照片的房间
都不再是她的探索之地。

让我们出去和风暴作战,
她过去常说。所以也许
她正和风暴作战。

此时我看着一只蜘蛛
在天花板上留下一线踪迹,
小小的尘埃信使。
时钟嘀嗒而光阴枯萎。

暮色撒落在我们身上。
我还应停留多久?

我把手放在她的额头上,
抚摩她纤细的发绺。
她以前是多么高挑,

但我们全都渐渐缩小。
是她去更深处的时候了,
深入她前方的暴风雪,

既黑暗又明亮,像雪一样。
为什么我不能放开她?
为什么我不能让她走?

椰 子

战后那一阵有更多东西可买。
橙子卷土重来
而黑白蜕变成彩虹。
还没有牛油果,

但突然间,在冬日的
滞缓时期,我们地窖里,
出现了一颗椰子
像某个木头野人身上
圆而坚硬的多毛乳房。

为什么在地窖?
那儿有斧子。

我们把长长的钢钉
依次钉入三个柔软孔眼
喝光里面清甜的汁水。
接着我们把圆球放在砧板上

劈开。

碎片咔嗒落在地上,
地板并不干净,在那个
煤炭和炉渣的时代。

第一次品尝全然神物般的珍馐!
尽管它混合着灰烬和毁灭的碎片
正如天堂一直以来的样子,如果你仔细阅读文本。

纪念品

我们远行,我们从异域的月亮海岸
带回各种东西
在那儿你买不到和这里一样的药片,
也没有牙膏,和本地啤酒。
我们要把这些从小摊上买来的
外国物件送给别人:
民间针织品,古怪的家用器具,
木雕精怪。贝壳,大块石头。
它们淤积在我们的行李箱里。
它们是我们带给朋友的纪念品,
一段段回忆。

但谁要回忆又回忆什么?
那是顶可爱的猫咪帽子,但你从未去过那里。
我记得买下它的情景
而你记得我曾有这段
记忆:我为你记住
一些过去。

那是个晴天,
虽然窒闷无风。孩子们有着小小脑袋
和浅色头发。

我比以前更频繁地
出现在他人的梦里。
有时我光着身子,他们说,
有时我是在做饭:我好像经常做饭。
有时我化身为一条老狗
用参差不齐的牙
叼着一封卷起来的信,寄给:马上。
有时是一具骷髅
穿着绿缎子长裙。
我出现在梦中总有原因,
做梦的人这样告诉我;
只是我无从知晓。

这就是我从梦幻生活,从异域的月亮海岸

那没有钟表的地方,
给你带回的东西。
没有颜色,却有魔力,
尽管我不清楚那力量是什么
或如何开启。

它在这里,现在是你的了。
请把我铭记。

锡樵女① 做按摩

在法兰绒床单上
以死者在水上漂浮的姿态,
脸朝下。双手下垂,
忽视这皮肤,
这脊椎的木琴,
也避开斑点和器官的凹折,
向深层组织前进,

寻求那些如微型青蛙一般
呱呱叫喊的细小铰链——
弹拨那紧绷而瘀伤的肌腱的
肠线丝弦。

我是多么锈蚀和委顿,
多么僵硬,氧化得多么厉害。

---

① 锡樵女(Tin Woodwoman)是作者对《绿野仙踪》系列故事中"锡樵夫(Tin Woodman)"的改写。锡樵夫是奥兹国仙境里的伐木工,全身锡皮,四肢与躯干用铰链相连。后文的"稻草人"同为这一故事中的角色。

老旧的烤豆子罐头,
任雨浇淋的锡樵女。
一动就疼。
多么腐朽不堪。

是谁曾经抱怨
他没有头脑?
某个稻草人,布面男孩。

对我而言,是心:
那才是缺失的部分。
我以前想要一个:
红丝绸做的精致软垫
垂挂于血的丝带,
适合扎进大头针。
但现在我的想法变了。
心会疼。

假如没有虚空

假如没有虚空,那生命也不复存在。
想想吧。
所有那些电子、颗粒,以及诸如此类的东西
一个挨一个挤成一团像阁楼上的废品,
像垃圾压实机里的垃圾
被猛烈地挤压为扁平一块
于是除了等离子体别无他物:
没有你没有我。

因此我赞美空虚。
空地和上面飘飞的塑料与起绒草,
空屋子,和里面落满灰尘的荆豆,
空洞的凝视,如透过窗户看见的天空一样湛蓝。
汽车旅馆外面闪烁着
空房的字样,一只霓虹灯箭头指示着,

指出那条路通往
那倦怠的前台,通往那垂挂的棕色皮钥匙扣上

钥匙形状的钥匙,

它能打开空房
里面布满划痕的油毡地板呈现让人眼花的黄色
还有印花沙发和萎缩的靠垫
中央凹陷的床,散发着漂白剂和霉的气味
结结巴巴的收音机,
以及七十年前
就在这里的烟灰缸。

很久以来这房间都为我保持静止:
一种虚空 一块真空 一片沉默
包含着一段未被听见的故事
等待我将它打开。

让情节就此展开。

Volume

2

第二辑

卫生课（一九五三）

女孩们，女孩们，女孩们，女孩们，女孩们！
冷静一下！
这里不是闹哄哄的地方！
这里是教室。
今天我们要谈谈血。
请保持安静！

你们以为我站在这上面就看不见你们？
我知道你们的伎俩和妄言，
知道你们嘟哝些什么，
知道你们更想待在哪里
以及最喜欢的姿势，
你们那四仰八叉的样子。

你们喜欢假装觉得我很滑稽
但我让你们害怕：
曾是粉色明胶的我
现在成了冰冷的灰色月亮

在你们的未来等待。
那时你们会需要我。

我会把只剩骨头的脸转向你们。
我会发出干涸的光芒。

一幅风俗画

这里有郁金香,
含苞待放的和完全盛开的,
它们的俯冲和凹陷,它们的光泽和身姿,
它们暗部的绸缎。

这里有亚麻餐巾,
纹理和褶皱,
它们从暗淡的蜡烛那里
浸满光线的方式,
它们阴影中的浅蓝色。

这里有被剥了皮的兔子
它们被挂在绳子上
袒露肌肉,软骨发光,
还有能让你嗅闻得到的生肉:
滚热的锈,沼泽的水。

这里有一个在洋葱和内脏之间

摆弄着刀子的女人,
袖子卷起,上面沾染油污。
她在斜着眼看我们:
她知道身体都吃些什么。

这是她的工作或祷告,
她的恩典,她的献祭:
这些脏器和凋零的花瓣,
这闪烁不定的烛光。

公主衣装

1

太多人议论她该穿什么
才显得时髦,或者至少
她才不会被杀掉。

一些女人搬到隔壁
身上裹着些
没被认可的布片。

她们做着坏榜样。
把石头抛出去。

2

皮毛也是个问题:
她自己的和某些动物的。
世界上的羽毛几乎一度被剥光,

全都是为了做成帽子。

这到底是为了什么呀,我的爱人,

这种对小鸟的掳掠?

她曾经无所不为

只要能让自己焕发魅力。

她头上戴了这么多东西:

缎带和舰船①,全是弯弯曲曲的。

现在她已经入土为安

像一只丢失的手套,像一本被抛掷的书

大部分未被言说。未被阅读。

高高的词语宫殿里,又少了一位公主。

---

① 此处提及船只,可能暗引特洛伊战争中的海伦典故,海伦拥有"可以发动一千艘舰船的容颜"("the face that launched a thousand ships",语出马洛的戏剧《浮士德博士的悲剧》)。

3

哦当心,
别遮住你的头发
否则它会烧毁你的城堡。
等一下:遮住它!
头发。如此有争议。

4

至于脚,它们永远是个问题。
脚趾,脚跟,和脚踝
轮番成为淫荡之物。
小小的水晶鞋,最好是蹒跚微步。

许多你并不想要的东西
伪装成鲜花到来。
三寸金莲,花瓣是

折断的骨头。

5

贴身穿羊毛
曾是军队中的一条律令。
在战斗中很难洗澡。
羊毛抑制细菌且不会发臭,
或者没那么臭。就是这个原理。
给你:羊绒!
但腋窝:缺陷,大腿根一般潮湿,
即使它是粉色的:
也不够有女人味。

6

另一方面棉又是
噼啪作响的。现在仍是。

录音时离它远点。

你要避免它和你留在半空的

你自己的幽灵声音搅在一起。

7

然而,丝绸,

最适于做裹尸布。

这就是它从何处而来,丝绸:

蚕不停地吐出七层纱①,

希望自己能成为蝴蝶。

接着它们被煮熟,丝被抽剥开来。

这也是你盼望的,对吗?

盼望在死亡之外,还会有翱翔?

---

① 巴比伦神话中,伊什塔尔女神为了追寻情人塔木兹而前往地狱,但去地狱要经过七重门,每进入一道门她就得脱一件衣物。王尔德剧作《莎乐美》根据这一神话详尽描写了圣经故事里莎乐美为希律王跳舞的片段,在王尔德笔下,莎乐美跳的就是不断脱去七层纱衣的"七层纱之舞"。

在被裹藏之后，你将会飞升，
轻盈的翅膀和一切。哦亲爱的，
事情不会是那样。
不大会。

蝉

最终在蛰伏于黑暗
九年之后
他慢慢脱去伤痕斑斑的外壳
摆脱欲望的喋喋不休:

凿岩机发出的那种尖厉单音,
像一次拖沓的闪电那样振动
撕开空气
留下一种如柏油纸烧焦的气味。

现在它说现在它说现在
用六条带螯的腿紧紧箍住
而就在一旁,一只像萎缩之耳的雌蝉,
一片落叶,棕色且充满纹理,
同步震颤着越靠越近。

就是这样,时日无多,死期不远,不过首先,
首先,首先,首先

在烈阳下,炙烤着,从早到晚,
在一个没有名字的月份里:
这恼人的爱之噪音。这使人发疯的嚷闹。
这——承认吧——是歌。

蛞蝓的双重交合

如果我们能通过出芽生殖
或孢子生殖的方式繁育,就不会有这些决斗。

或者假如彼此能将同样的
器官转进对方的耳朵
双方都悬在
泪水和黏剂的闪亮丝线上
在空中交缠,像一种绝妙的
高空钢丝杂技,

那也不错。蛞蝓就这么做:
瞧那些珍珠般的卵!

(更多未来的蕾丝莴苣。)

除非双方卡住。
那也时有发生。
没办法除了咬断

一只阴茎。如果是人类,该怎么办?
如果是你的阴茎呢? 想象:

事后的对话:阴茎啃噬[①]。

这次该我了! 上次是你咬断我的。

快动起来否则我们会整夜困在这里,
猎食者可高兴了。

我不在乎! 我也不想活了!
你从来没爱过我!
你只是爱我的耳朵!

到天亮时分总有些事要妥协。

[①] 阴茎啃噬(apophallation)是一个形容蛞蝓交配现象的术语:香蕉蛞蝓雌雄同体,双方以伸出阴茎的方式交配,但有时由于卡在一起难以分开,一只香蕉蛞蝓会咬断对方的或自己的阴茎以便分离。

或者有些人。某个人
必须妥协。一种妥协。
我们就是这样继续生活。

其他所有人的性生活

其他所有人的性生活看起来如此难以想象。
肯定不是,我们想:
肯定不是这个进入那个!
不会是这样脏的嘴
和这样烂的牙!
那烤梅干,那肉垂!

拜托,请穿好你的衣服。
它们存在必有原因:
将你从你自身拯救出来,
你自身的偷窥癖。

没人长得像电影明星
就连电影明星自己
在休息日里也不像他们自己,
那时他们在街上闲逛
寻觅可口小吃
和隐姓埋名之感,不要运气。

没有人,除了他们自己
喝醉时在心底暗暗自赏,
或者清醒时也是,假如他们本就自恋。

又或者是在爱中。哦没错,在爱中,
那痴狂的玫瑰红色的马戏团帐篷
光线幽暗而免除了所有精细打量,
遮掩起爱人的身体,
安抚我们自己的头脑
和那些我们微微失态带来的伤痛。

多诱人啊,那中央的仿大理石圆拱,
既像游乐场又很古典——
如此希腊,如此巴纳姆①,
这样一座灯塔,

---

① 巴纳姆(P. T. Barnum, 1810—1891),生于美国康涅狄格州,著名的马戏人,自称"骗界王子",用种种骗术吸引观众观看他的马戏表演并借此谋取厚利。心理学中"巴纳姆效应"这一名词就来自他的名字,这种效应指的是,如果对某个人的性格特点做一些含糊不清的描述,对方也有可能轻易认同。

挂着一面焰蓝色霓虹灯牌:

爱情!这边请!

请进!

背叛

当你偶然撞见你的情人和你的朋友
在你床上赤裸沉睡或只是躺着
你大概会有话要说。

要说的不是再见。
你将永远不会关上那扇被笨拙地打开的门,
他们将永远困在那个房间。

但他们为何非得如此赤裸?
如此缺乏体面?
像在一洼泉水里苦苦挣扎?

腿太细长,腰太粗,
到处都乱糟糟,
一团团毛发……

是的,那是一次背叛,

但不是背叛你。
只是背叛了你对他们的

某些想法,那种柔光的且神秘的,
带着细细筛落的雪
还有十二月淡紫色的黄昏——

不是这种笨拙的瞬间,
这种弯折凸起的身躯,
骤然暴露在你瞪视的目光之中。

弗里达·卡罗,圣米格尔,圣灰星期三①

你消失了这么久
但在这纪念品拱廊街上
你无处不在:
印花棉布包,镂空的锡盒,
深红色T恤,串珠十字架;
你卷曲的盘发,你平直的目光,
你那鹿或殉道者一般的身体。②

你可以变成一个文化基因
如果说你的消殒已足够怪异
和激烈,并包含太多痛苦。
把人吊死的绳子能带来好运;
圣人头朝下悬着

---

① 基督教节日,大斋首日,出现在复活节前七个星期的星期三。
② 弗里达·卡罗在1946年创作了自画像《受伤的鹿》,画中的弗里达化身为一个人面鹿身的形象——面部是她自己的模样,头上长着鹿角,鹿形的躯干和四肢被众多利箭所伤,流血不已。此前弗里达接受了脊椎手术,但手术没有缓解她背部的疼痛。

或者把自己的乳房盛放在盘子里①
我们穿上他们,我们召唤他们,
将他们嵌入我们的肉身和危险之间。

两条街之外,烟花爆裂。
有什么东西正在某处燃烧,
或燃烧过,曾经。
一张撕破的丝绸面纱,一封泛黄的信:
我要死在这里了。
烤扦上的爱,
烈焰中的一颗心。
我们把你吸进来,薄薄的烟,
以灰烬呈现的悲伤。

昨天孩子们

---

① 此处应指基督教圣女阿加莎(约231—251)。她曾因为拒绝地方长官的求婚而遭受各种酷烈折磨,包括被割掉乳房。在许多画作中,阿加莎端着盘子,盘子里盛放的是自己被割的乳房。

把挖空的鸡蛋砸碎在别人脑袋上①,
给他们带来亮晶晶的洗礼。
蛋壳屑散落在公园四处
像压碎的蝴蝶翅膀,
像沙子,像彩色纸屑:
天蓝、霞粉、血红,
你的种种色彩。

---

① 在墨西哥,人们庆祝狂欢节、复活节或五月五日节的时候,常会将彩色纸屑塞进挖空的鸡蛋壳中,然后把鸡蛋壳砸碎在其他人的脑袋上。

卡桑德拉考虑拒绝礼物①

假如我根本不想要这一切呢——
他预言我能做到的事
做了也不会有好结果
只是让我的名字永远流传?
染黑我的头发,刺开我的脸,
喷吐出性爱般的能量,
勾搭上,又踢开。
在脏污的声名中翻滚。

假如我对音乐之神先生②
和为了好处而交合的做法,
说**不了谢谢**呢?
假如我就待在这里呢?
就待在我日渐促狭的故乡

---

① 卡桑德拉是希腊神话中特洛伊王普里阿摩斯的女儿,阿波罗赐予她预见未来的能力,但这份赐予包含私心。当卡桑德拉拒绝了阿波罗的求爱,阿波罗出于报复,为他之前的赠予加上一重诅咒,这使得众人都不愿再相信卡桑德拉的预言。后来,人们常常回避卡桑德拉。
② 指阿波罗。

（后来它会被焚毁）
起初考虑其他人
后来就变得不近人情且令人唾弃？
我会有一个深蓝色皮制钱包，
和钩针棉线礼物
——洋娃娃的帽子、厕所卷纸套——
后来侄女们会把它们扔掉。
然后我会为失败而哭，
苍白，枯干，微小。

至少我不会厚颜无耻，
像个持盾女战士，像个炉围。
至少我不会盛气凌人
最后有人看见我活着
是十一月中旬的那天
在加油站里，颤抖着，蹒跚着，
就在黄昏，即将到来之前

影 子

有人想要你的身体。

怎么想要?
祈求,借用,购买,还是偷盗?
沟渠还是圣坛①?
有人想要的身体
就是这么几种待遇。

对你来说它价值几何?
一朵玫瑰,一颗钻石,
一百万整,一个笑话,一杯酒?
一个像你一样的故事?

你可以奉献它,这身体,
就像你本就是如此慷慨的造物,

---

① 此处原文为 pedestal,直译是"雕像基座",但往往取其比喻义,意指把某人视为完美、崇高之人,为了音节上不显得过于拗口,并和"沟渠"意义对应,故取两音节词"圣坛"。

或者就失去知觉让人把它夺走
而你永远不会知晓。

和它吻别吧,这曾经
属于你的身体。
它已经飞奔起来,
被毛皮包裹,在一片草地上
起舞或流血不止。

反正你也不需要它,
它招来了太多关注。
只有个影子会更好。

有人想要你的影子。

献给遇害的姐妹的歌谣

男中音套曲

1. 空椅子

那曾是我姐妹的
如今是空椅子

已经不再,
已经不再存在

如今她是空无
如今她是空气

2. 着魔

假如这是一个
我会给姐妹讲的故事

那就是山中的妖怪

会把她偷走

要么就是一个邪恶巫师

把她变成石头

要么把她关进高塔

要么把她深藏进一朵金花

我必须前往

月亮的西方,太阳的东方①

才能找到答案;

我会说出咒文

而她会站在那儿

活着并快乐,完好无损

---

① 挪威神话中有《太阳的东方,月亮的西方》这个故事,女主人公为了解救王子,必须前往一座宫殿,那座宫殿位于太阳的东方、月亮的西方。

但这不是一个故事。
不是那种故事……

3. 愤怒

愤怒是红色的
飞溅的血的颜色

他充满了愤怒，
你努力去爱的男人

你打开门
死亡就站在那儿

红色的死亡，红色的愤怒
对你愤怒
因为你如此生机勃勃
未被恐惧摧毁

你想要什么？你说。
红色即是答案。

4. 梦境

我睡着后你出现
那时我还是个孩子
而你年轻并且还是我的姐妹

正是夏天；
我无法知晓未来，
在梦境里我无法

你告诉我："我要踏上
一段漫长的旅程。
我必须出发。"

不，留下来，我对你大叫

当你变得越来越小:
留在我身边和我玩!

但忽然间我已长大
天气寒冷而月亮隐匿
已是冬天……

5. 鸟魂

如果人类的灵魂是鸟
你是什么鸟?
唱着欢歌的春鸟?
高飞的鸟?

你是不是夜莺
望着月亮
唱着"孤独,孤独",
唱着"死得太早"?

你是不是猫头鹰,
那软羽毛的猎手?
你是不是在追捕,不知疲倦地追捕
谋害你的凶手的魂魄?

我知道你不是鸟,
尽管我知道你已飞到了
那么、那么遥远的地方。
我需要你在某处存在……

6. 消失

那么多姐妹消失
那么多消失的姐妹
许多年来,几千年来
那么多人被一些男人

太快地驱遣进黑夜

男人们认为自己有权这样做

狂怒和仇恨
嫉妒与恐惧

那么多姐妹被杀害
许多年来,几千年来

被恐惧的男人杀害
他们总想高人一等

许多年来,几千年来
那么多姐妹消失

那么多眼泪……

7. 狂怒

我来得太迟,
来不及救你。
我感到狂怒和痛楚
就在我自己指间,

在我自己的双手上
我感到那鲜红的指令

要杀掉那个杀害你的男人:
那才算公平:

被阻止的他,不再存在的他,
在地板上散落为碎块,

粉身碎骨的他。
为什么是他仍在这里

而不是你?
那是不是你想让我做的,

我姐妹的鬼魂?
还是说你想让他活着?

你会不会宁可宽恕?

尾声:歌

如果你是一首歌
你会是什么歌?

你是那歌唱的声音,
还是那伴奏音乐?

当我唱这首歌给你

你并非空无的空气

你就在这里,
一口又一口呼吸:

你和我在一起……

亲爱的人们

但他们在哪儿?他们不会无处可寻。
以前人们说是吉普赛人把他们带走了,
要么就是小矮人,

他们并不矮,但能诱惑人。
那些亲爱的人们受到引诱,
去了山中。那儿有金子,还有舞会。

他们本该在九点前回家。
你打了电话。钟声响起
像冰,像金属,冷漠无情。

一周,两周:什么也没有。
七年过去。不,二十年。
不,一百年。还有更久。

当他们终于再次出现
年纪一天也没长

他们衣衫褴褛地沿街漫步

光着脚,头发蓬乱一团,
而那些久久等待他们的人
已经去世几十年。

我们过去讲的
就是这么些故事。它们以某种方式给人安慰
因为它们在说

每个人都必定在某地存在。
但那些亲爱的人们呀,他们在哪儿?
哪里?哪里?过了一阵
你听起来像只鸟。
你不叫了,但悲伤还在呼喊。
它离开了你然后飞去

穿过寒冷夜晚的田野,

不停地寻找,
穿过河流,
穿过一无所有的空气。

发掘斯基泰人 ①

他们正从地下发掘那些斯基泰人——
女战士,带匕首的女孩,
刚毅的骑手,文身文到腋窝
满是盘绕的动物图案,和她们的武器一起被埋——

她们并非传说,
毕竟她们存在过
(一只手镯,一件小首饰,一颗纤巧的头骨),
她们和她们那被斧头砍倒的马,
在荣耀中长眠。

他们正掘出射箭的少女
她们不属于城市而四处漫游,又在冰封中沉睡
她们有过的唯一屋宅里:
木头房间,木头坟冢,深深的地下。

---

① 斯基泰人(Scythians)的名称最早出现在荷马史诗《奥德赛》中,最初指生活在中亚草原至黑海北岸草原的一个部族,后来也泛指欧亚草原上所有的游牧人。

冰冻了两千年的，
是她们和她们的刺绣装饰，
她们的丝绸与皮革，她们的羽毛，

她们被砍断的手骨，碎裂的手指，
被砍下的头颅。
你还期待什么？那是战争
而她们明白如果你战败会遭遇什么：
强奸，死亡，死亡，强奸，
敌人残暴到极致，为了树立坏榜样：
婴儿和年轻的母亲，
女孩和男孩，全被杀光。
事情就是那样：直接摧毁。
而她们正是为此而战。
（也为了战利品，假如真能凯旋。）

她们就在这里，无名的人们，
依然以某种方式与我们同在。

她们知道发生过什么。
她们知道正发生什么。

Volume

3

第三辑

九月的蘑菇

今年我又错过了它们。
当天气突变
足量的雨水降落
我还沉浸在别处。

在树荫下,偷偷摸摸地,
它们慢慢钻出砂壤土
潮湿的叶片纷纷四散——

一张色彩的薄片,又一张——
带来了它们的神秘消息
关于在底下发生的事:
愈创木的缓慢消融,
那些细丝,那些拳头般的小小茎节,
聚集起它们的丝网和轻雾。

有的是鲜红,有的是紫色,
有的是褐色、白色,还有些是柠檬黄。

它们推开身周的黑夜,
铺展如潮湿的扇叶、活的海绵,
如雷达天线,正在倾听。

在所谓光和空气构成的人类世界
它们听见了什么?
在枯萎之前它们会往下传递
怎样的话语?
是不是当心?

看。残余物:
皮革质感的粉状孢子小球,
被咬缺的坑洼多石的月亮,
干瘪的半球,
发黑的耳朵。

雕南瓜灯 ①

它们年年来到,
这些被挖空的头颅轻盈的家伙,
来到我们的门阶上,门廊上,
它们脑袋里除了火苗
空无一物,眼中空洞的凝视
也许是欢喜或威吓。

我们按自己的形象雕刻了它们:
狡黠,但没什么恶意,
并不真有恶意;或者我们嘴上这么说。
在聚会上调笑作乐
直到我们都丧失理智。

牙齿是一大特色,
还有鼻孔、眼窝,
虽然它们和我们相似

---

① 原标题为 Carving the Jacks,其中 Jacks 指万圣节前夜的南瓜灯,英文中称为 Jack-O'-Lantern。

却还不是真的头骨。

继续闪烁,橘色的信使!
驱散那黑暗,
告诉死神:别急。
至少这里还有某种光亮。

两周后叶子会纷纷飘落
你也会渐渐腐烂。
虽然像月亮那样
等你的日子到来你就会回归
一次又一次,再一次,呈现相同的形态。
当我们逝去
我们用刀雕出的东西将比我们活得更久。

无人机扫描残骸

烟涌入我的眼睛,
我的十五只眼睛。
玻璃绝缘体闷烧。
粉色舌头粘在上面。
烧焦的棉花糖。

那是我干的吗?

被切掉脑袋的棕榈树。
大教堂天花板敞开,朝向
星空,朝向荒凉。
他们先前在里面崇拜些什么呢?
头顶的风扇?
那些枕垫?赤裸的床罩?

我监视。

他们曾对那些枕垫喊着哦上帝。

现在被撕开且颤动着,
天使的羽毛。
它们盘旋,比我更慢。
我看见粗犷的手指画。红色。
湿迹仍在蔓延。

一定错过了什么。

最好再打磨一下。
吭哧吭哧一会儿。
啊嗒啪。啊嗒嗒。啊嗒嗞。啊嗒砰。
这一次很精准。啦。
幸存的一切都等于失败。

我很坏吗?

泪珠掉呀掉。
阵雨被打断。

燃 烧

这世界正在灼烧。它一直都是如此。
闪电将会迸发,树脂
将在松柏中爆裂,黑黑的泥炭闷烧着,
泛灰的骨头慢慢发光,落叶
变成褐色并翻卷起来,像纸张
靠近蜡烛。这是秋天的气味,
氧化作用:你能在你的皮肤上闻到,
那晒伤后的香水味。
　　　　　　　　只有现在
它烧得更快。所有那些烧焦的
启示录的漫长故事是从前
我们玩火柴时编造出来的——
那些动荡的历史,从倾覆的烟雾中
望见的特洛伊塔楼,我们在将
棉花糖置于火上时
如此兴奋地模拟出
那精致的火山喷发的幻景,

所有这些缓慢熔化的史诗

被无烟煤包裹，然后埋葬在

花岗岩山下，不然就是被抛进

最深的海里像装在粗陶瓶里的

镇尼①——

      这一切，这一切都要成真了

因为我们打开了铅封，

无视那些警告的符文，

把这些故事放了出来。

        我们必须明白。

我们必须明白

这些传说究竟如何结束：

以及为何结束。

      它们终结在火焰中

因为我们就想那样：

---

① 镇尼（djinns）是伊斯兰教对于超自然存在的统称。

我们就想叫它们烧光。

狼人的最新消息

过去,所有的狼人都是男性。
他们从蓝色牛仔服里
也从他们裂开的皮肤里钻出来,
在公园里现出原形,
在月光下嚎叫。
那些浮夸的年轻男孩会做的事。

揪辫子的事干得过头了——
咆哮着进入那些柔软又扭来扭去的
女人之中,她们从骨头深处
发出咿咿咿的叫喊。
见鬼,这只是调情,
再加上一种犬科的幽默感:
看简在飞跑!

但现在事情不同了:
不再只是特定性别。
现在这是全球性的威胁。

长腿女人穿着毛绒健身衣
急速穿越峡谷,一群古怪的
模特穿着法国《时尚》杂志的施虐狂外套
带着被涂改的短期记忆,
决心开展不会遭受惩罚的暴力行动。

看看她们红边的爪子!
看看她们满含愤恨的眼珠!
看看她们身后的满月
那逆光的薄纱和充满挑衅的光轮!
这位美人,周身布满毛发,
而那并非一件毛衫。

哦自由,自由和权力!
她们一边跃过桥梁一边歌唱,
向风索求,在小路上
撕开路人的喉咙,激怒经纪人。

明天她们会回来

穿着中层管理人员的黑衣

还有 Jimmy Choo[①] 女鞋

带着她们没法解释的缺勤时间

还有台阶上初次约会时的血。

她们会打几个电话：再见。

不是因为你，是我。我没法说原因。

在营销会上，

她们会幻想就在视频媒体中

忽然长出尾巴。

她们将拥有令人上瘾的宿醉

和受损的指甲。

---

① 国际高档女鞋品牌。

僵 尸

"诗是往昔在我们内心忽然显现。"
——里尔克

就是这样:僵尸。
难道你不总是怀疑吗?
"诗,是往昔
在我们内心忽然显现"
就像一个病毒,就像一次感染。
有多少诗写的是
并未死去的死者,
和半隐半现的失踪者,
饥渴地从
枯枝落叶、废纸片中拱出来,
在玻璃上抓挠?

比如五十年后
在门厅昏暗的光线下
遇见曾经年轻的爱人。

如今他是多么迟钝和脏乱!

蛋头先生[①]

缺了那些组装器官:

你用手触摸才能记起的人。

他就是那个曾舔过你脖子的人?

还有你四岁时制作的

粗糙的培乐多彩泥怪物[②],

你后来在一股怒气之下把他压扁

于是他的色彩全都混为一团:

在一个清冷的十一月夜晚

他忽然出现在你门口,

而雨水低声说着寿司

寿司,那没有舌头的嘴

喃喃念着你的名字。

[①] 蛋头先生(Mr. Potato Head)是一款生产于 20 世纪 50 年代美国的玩具,由一个土豆形状的躯干和可以组装的五官及四肢组成,这一人物形象后来也出现在动画片《玩具总动员》中。
[②] 培乐多彩泥怪物(Play-Doh)是美国生产的一款供孩童捏塑的彩泥玩具。

别活过来!别活过来!你恳求道,
你本想让往昔归来。
那不可能。那个怪物
缓步穿过昏暗的树林,
一个红色的、啜泣着的单音节,
一个被染污的词充满悲伤的味道。
现在它在一片干冰雾气的光晕里
咕哝着又蹒跚着
走过俗艳且过度装饰的
挂着哥特式钟表的走廊,走进镜中。

放在你肩上的手。那几乎存在的手:
诗,已来认领你。

外星人到来

九部深夜电影

1

外星人到来。
他们比我们更聪明,并以肉为食。
你知道剩下的事了。

2

外星人是在
薄雾里,在细密的毛毛雨中到来的。
他们想帮助我们,
或至少他们是这样说的。
然后是一声砰的轰响,一阵嗞嗞声。
那是个阴谋!但为什么?
在他们离去之后
我们有少数几个人活了下来。

3

外星人到来。
他们的头领是一个巨大的脑袋。
它住在一个大玻璃坛子里。
它想迷惑我们,
尽管天晓得它有些什么企图。
哦等一下。
这是个隐喻。

4

外星人到来。
他们的分离舱形如巨型足球,
一道白光从中闪现。
他们是上帝吗?

5

外星人到来,
但不是以你想的那种方式。
他们从我们的腋窝下钻出。
尖叫声此起彼伏,无休无止。
一切都变得太粉了。

6

外星人到来
乘着一种像是车轮盖的东西。
实际上那就是车轮盖,
一九五五年的古旧货。
所以这就是那玩意的去处!
它不在车库里!
你当时撒谎了。

7

外星人到来。
他们是极其聪明的章鱼
用喷出的一滴滴墨汁说话。
他们想让我们彼此
都友善相待,
全世界都是。这是第一次。
不然就是别的。别的什么?
这是一个有希望的信号吗?
你怎么看?

8

外星人到来。
他们听说过人类的性
但并不相信。
他们冒着极大的风险

过来瞧瞧。
他们派来一些密探
状如会飞的眼睛
在我们的窗口窥看。
哦人类学!
恐惧!惊奇!
怎样一场大戏!
那几乎让他们病倒!
怎样一种刺激。
他们借助一根宇宙吸管
劫走一百个人类
把我们唾到另一个星球
并把我们关进动物园。
除非你按照要求去性交
不然你就没东西吃。
他们说着他们语言中的**啊**和**哦**,
还有**哈哈**。
真可怕,饥饿逼人什么都做。

这是性,性,性,
每隔两小时,
鸡蛋三明治和啤酒交替。
要小心你所渴求之物。

9

外星人到来。
我们喜欢我们得救的部分。
我们喜欢我们被摧毁的部分。
为什么感觉这些部分如此相似?
不管怎样,到尽头了。
不再需要只是活着。
不再需要伪装。

孵蛋的塞壬

这些好奇的人类,琢磨着
我们唱了什么歌
把那么多水手迷得
丢了性命,这是事实,

但到底是什么样的?我是说,
是什么样的死亡。尖利的鸟爪
抓上腿根,一种撕裂之痛,毒牙
刺入脖颈?或者在极乐中呼出
最后一口气,就像
那些雄性螳螂?

我坐在我杂乱的网中
这由领带、季度报告和紧身短裤
混杂着骨头和钢笔构成的网,
我抖了抖我的胸脯和羽毛。沉睡吧,

我的小小神话,我饥饿的小蛋仔们,

在你们发光的蛋壳里梦见
我们万无一失的女性秘密。
妈妈就在身旁
爸爸一定很爱你们：
他把他所有的蛋白给了你们！

我就在这里孵蛋。强大起来！
很快我就会听见哒哒哒的声音，嘿嘿！
然后你们就会破壳而出，我的宝贝，
覆盖着绒毛，玫瑰色的，那么可爱
像一个回旋，像涂了口红的嘟嘟嘴，
糖渍的紫罗兰，
拍打着你们娇小的羽翅
饥肠辘辘地唱起歌来。

蜘蛛的签名

一个又一个钟头我留下自己的印记——
一块污渍,一个小点,又一块污渍,
黑地板上的白色旗语。

蜘蛛粪,
还有被诱捕之物的残余:
为什么是白色?
因为我心地纯洁,
虽然我自己总别有用心,

特别是在书柜下面:
一个正合适我丝质口袋的好地方,
我的薄纱和细丝,
我的织机,我宝贵的摇篮。

我一直都爱书,
最好是平装书,
那种七翘八裂又布满污点的。

在书中原文旁边我加上
我自己的注解，傲慢而凌乱：

飞蛾翅膀，甲虫的壳，细长手套一般的
我脱落的皮。
机智的明喻：我主要由手指构成。

不过，我不喜欢地板。
太显眼了，我弓起身来，我小步快跑，
终会成为鞋履和吸尘器的猎物，
更不用提扫把。

如果你突然遇见我
你会大叫：太多条腿，
或者那是不是八只红眼睛，
是不是那腹部分泌的亮晶晶黏液痕迹？
大拇指流下的血滴，爆开的葡萄：
那才是你期待的。

尽管杀掉我会带来噩运。
妥协吧:
在你存在之前,我就存在了。
我排布着雨水,
我严加呵护

当你沉睡时
我徘徊着,你的第一任祖母。
我把你的噩梦捕进我的网中,
为你吃掉你恐惧的种子,
吸出它们的墨汁

并在你的窗户上写下
对于是,是,是[①]的小小注解,
这白色的摇篮曲。

[①] 此处原文为"Is, Is, Is",其字母形状如同玻璃窗上的雨丝。

在翻译研讨会上

在我们的语言里
我们没有主语的"他"和"她"
也没有宾语的"他"和"她"。
如果把一条裙子或一条领带
或者类似的什么东西
放在第一页会更有用。

对于一起强奸来说,如果
知道年龄也会更好:
是一个孩子,还是一个上年纪的人?
这样我们就能定调子。

我们也没有未来时态:
将要发生的已在发生。
但你可以加上一个像明天
或是星期三那样的词。
那样我们就能知道你的意思。

这些词用来指称那些可以吃的东西。
那些不可以吃的东西就没有词来指称。
为什么要命名它们?
这也适用于植物,鸟类,
以及用于施咒的蘑菇。

在桌子的这一边
女人不能说**不**。
有一个词表示**不**,但女人不能说。
那样太粗鲁了。
要说**不**,你可以说**也许**。
人们会明白你的意思,
在大部分场合中。

在桌子的那一边有六种分类:
未出生的,死去的,活着的,
能喝的,不能喝的,
还有那些不能说的。

那是个新词还是个老词?

是不是过时的?

是正式的还是日常的?

它有多冒犯?如果从一分到十分来看?

它是你编出来的吗?

在桌子的遥远的那端

就在门旁边,

是那些冒着风险做交易的人。

如果他们翻译了错误的词

他们可能会被杀

或至少会坐牢。

这些风险并无清单。

他们只会在后来,

在已经对他们无意义的时候发现

领带或裙子的区别

以及他们能否说**不**。

他们背靠着墙,
坐在咖啡馆的角落里。
将要发生的已在发生。

Volume 4

第四辑

在疯人林中漫步

在疯人林中漫步
在早春穿过
那些不安又干枯的窸窣树叶。

疯人曾经爱过
这片荒野,在他的头脑
变成蕾丝花边之前。一定是
他(何时?)把这颗圆石头
放在了这里,置于这
布满苔藓的椭圆上。我的。
还有那所有的罐头盖子
和木质方块,
被草草涂画成红色并钉在树上
为了标记他的领地线:
我的,我的,我的,我的。

我不该说那被废除的词:
疯人。或许该说丧失头脑?

不,因为如今我们已经没有

这样的头脑,只有一个个

萤火虫神经通路般的细小缠结

发出不/是/不的信号,它悬浮于

一只圆形骨头碗中的

灰白色云朵里。

是:很棒。不:太孤单。是。

我们以为我们看到的世界

不过是我们所能做出的最好的猜想。

这一定曾是他的棚屋,

现在已经崩塌,他去了——什么?

时不时还过来坐坐?獐耳细辛①

在阳光炙烤下皱缩,

一丛丛褐色的发刷般的小草,

打翻的炉子,光亮的野葱

---

① 獐耳细辛(Hepaticas)是毛茛种下的一个属,为多年生草本类植物。

看起来简直像是潮湿的，
柔软的圆木缀饰着众多蘑菇。

你可能会在这里被拦截，或惊讶地
滑入你自己纠缠的头脑。你也可以
再也不回来。

羽 毛

羽毛一撮撮坠落。
风切变①，日光漂白，猫头鹰战斗，
举着猎枪的杀手，

谁能弄清什么原因？
但我在这片似真的草地上发现了它们——
我不知道这些落的皮肤属于谁——

遇难的羽翅之书法，
某个神灵融化后在太靠近月亮的地方
留下的残骸。

它曾飞得很高，
就像我们所有人。
每个生命都是一场失败

---

① 风向、风速在空中水平和垂直的距离上发生的变化。

在那最后时刻,
鲜血流干的时刻。
但我们会想,没有什么,

是浪费的,于是我从这场屠杀中捡起一根羽毛,
把羽管磨尖然后劈开,
找到墨水,

然后用你
画出这首诗,死去的鸟。
用你筋疲力尽的飞行,

用你渐渐消退的惊惶,
用你旋转坠落的眼睛,
用你的茫茫黑夜。

致命光线意识[1]

一只鸫鸟撞上我的窗户:
又少了一种可爱的嗓音
它被镜子般的玻璃杀死——

一位老练魔法师制造的树林幻象——
它也被我的懒惰杀死:
我为什么没装格栅?

在夜晚高层建筑之间的
空气中,当你点燃你伪造的曙光
音乐就消亡了:
你的光亮是群鸟最后的黑暗。

它们的羽毛在四处
扑簌坠落——
温暖的,而不像雪那样——

---

[1] 原标题为 Fatal Light Awareness,也指涉同名的环保项目,该项目旨在减少光污染和高层建筑窗户给迁徙中的鸟类带来的致命干扰。

尽管依旧融化为虚无。

我们是一部垂死的交响乐。
没有鸟知道这件事，
但我们——我们清楚

我们的黑夜魔法做了什么。
我们的暗光魔法。

对鸟类的恐惧

你说过他怕鸟?
那怎么会?
这么高的一个人?

不是因为鸟是什么预兆。
也许是因为那金属般的嗓音,
金子,银子,锌。

叮当声,尖叫声,一阵刮擦。
或者干燥森林里一种液体滴落的响动。
滴答。滴答。滴答。滴答。
别和歌声弄混。

或者特写镜头中双眼流露的疯狂:
黄色,红色,不太和善。
在它的头脑里你甚至算不上一个念头。

某种翅膀。像是天使的,

带尖爪的天使。
也许就是因为这个。

一种窸窣声,像薄薄的纸。
然后羽毛也覆盖了鼻子和嘴。
被捂住。白色的窒息。

你说过他也怕雪?
非常类似的缘故。

关于狼的短镜头

1

痛苦中的狼
不会容许任何事。
他的晚餐咬了他。
那是个失误,
现在则会演变为灾难。

拖着一条裂伤的腿你走不了多远:
在狼群中,没医生可看。

2

在某种程度上狼是礼貌的。
你得观察他们的耳朵。
朝前倾,他们乐意聆听。
往后倒,你已经让他们厌烦。

3

坐在黑暗里。保持安静。
别点燃那支烟
或涂抹那团黑蝇黏液。

这儿不是速配约会场所。
这儿不是动物园。
你想见到那只狼
不然就是想把你的钱要回来,
但那只狼不愿见你。

4

狼的噩梦里有车辆,
长长的针,铁口套,
有坚硬栏杆的局促笼子,
和你气味类似的动物。

然而,狼的美梦,
却是绵延无尽的针叶林,
石头下面挖好的洞穴,
瘸腿又愚笨的驯鹿,
还有它们纤弱的骨头。

桌面布置

摆上叉子,
小小蟹爪,
从狮子那里偷来的尖牙,

还有刀子,我们一度崇拜的
老虎的门牙,
我们自己可没长
切割生肉的器官。

虽然我们的宴席篝火已被蜡烛取代
我们依旧着迷于不变的旧神灵,
那些已经式微的。

他们不再与我们交谈
但没关系:
我们说得够多了。

所以,**自然界**。我们坐在它周围,

把它咬碎成一片片破布
用我们精巧的爪牙。

然而,勺子:
自然界没有勺子,
至少动物身上没有。
我们只是在模仿自己。

这儿,让我帮你吧:
两只握成碗状的手

根据叶芝一诗的首句即兴而作

来自《猎犬的叫声》

因为我们爱赤裸的山丘和矮小的丛林①
我们一有机会就向北行进,
穿越针叶林、苔原带、多石的海岸、冰原。

它从何而来,我们这种渴望荒寂的
品位?有多长时间
我们在人造的硬景观中游荡,心中牢记
我们曾熟知的东西:
把皮毛穿在里面,
和狼群做伴,吃动物脂肪,厌憎浪费,
雕刻精灵的形象,敬慕白雪,
建造房屋并守护火焰?

---

① 此句即叶芝《猎犬的叫声》首句。

万物都曾有灵魂,
即使是这只蛤蜊,这块卵石。
每一个都有隐秘的名字。
万物聆听。
万物皆为真实,
但它们并不总是爱你。
你必须用心守护。

我们渴盼回到那时日,
或者当我们觉得不太寒冷时
就会这样想。
我们想要投入那样深挚的关切。
但我们已失去那本领;
毕竟耳边还有其他音乐。
在风的素歌里我们听见的
只是风声。

"北极之心"

二〇一七年的笔记

熊变成石头
石头变成熊
熊变成石头
这取决于你如何观看

**

山麓上一颗白石
变成了熊
当你没看它的时候
它就抛出尖牙和皮毛

事物就是这样移动的。

你还没反应过来就被变成了石头

因为有颗石头吃掉了你。

尽管它的长牙在你的心口碰碎
你那颗苍鹭的心
比这里的一切事物都更坚硬
长着更多的尖齿。

**

低洼处从山体切出的一团破碎石块
在那儿一条小溪穿流而过,
橙绿色的青苔上有两种生物:

一株紫色花朵,宽叶柳兰
但无人观看
除了这只蜜蜂,

还有一截烟蒂。

一个满不在乎的人来过这里。
没人在乎。

**

旅鼠的身影迅速闪过。
莎草中的火柴光亮。
它不知那是火焰。
从视野的边缘
消失　出现　消失。

**

你在这些巨石间漂浮
像一个幽灵　一阵风　一个幽灵
像一个丢失的塑料袋
在这片荒原漫游了三十年。

像一层薄膜。

对于瀑布和褶皱的山和鹅卵石来说
你是半透明的。

在浅水中有只绯红的
死去的水母,
它已渐渐消融。

我亲爱的人们,如此精心地
挑选户外装备的人——
一切都相互匹配着——
你也和它们一样。

**

很多人听见过些声音
他们相信那是神明们的声音

或者是某一位神
在告诉他们该做什么

或者一块石头
说它想变成一座雕塑

或者一只动物
一只要把它的生命献给你的动物，
请你将它杀掉。

**

那声音从何而来？
为何只有一些人听到？

那只我听见的叽叽喳喳的鸟是什么
它不是河流声不是我嘎吱作响的背包
也不在我的脑子里？

是什么鸟？在哪里？我在听，他说。

但什么也没有。

塑料世组曲

1. 沙滩上的石状物

古新世始新世
中新世更新世①
而我们现在来到：塑料世。

看，沙子构成的石头
还有石灰、石英质地的石头，
还有这是什么石头？

它是黑的有条纹还很光滑，
不算真的石头
也并非不是石头。

不管怎么说是在沙滩上。

---
① 古新世、始新世、中新世及更新世为地质年代中的不同时期。

被石化的油，带点深红色，
也许还有提桶的一部分。

当我们消亡而外星人来到这里
斟测我们的化石：
这会不会成为证据？

我们的证据：我们过于简短的历史，
我们的精明，我们的粗疏，
我们猝然降临的死？

2. 渺茫的希望

你可以通过烹煮它
把它变成石油：这已经完成了。
首先你得把它收集起来。
闻起来还会有股味道。

一些超市已经禁止出售它。
还有吸管。
或许会征税
还有别的法规跟上。

一些微生物能吃掉它——
人们已经发现了。
但必须有很高的温度：
在北海①一带可不行。

你可以把它塞进仿造木材里
但只有特定的种类可以。
还有积木，同上。

你可以把它从河水中舀出来
在它涌入大海之前。

---
① 指英国东海岸附近的北海，属于大西洋海域。

但接下来呢？你拿它怎么办？
当它们铺天盖地又源源不断
永不停歇地倾泻出来？

3. 叶子

"一小块黑色塑料——石油时代最重要的叶子"
　　　　　　　　——马克·科克,《我们的家园》[①]

它到处发芽,这种叶子。
在树上,像槲寄生,
或者陷在沼泽里

或像睡莲一般在池塘盛放,
俗艳而多褶,
活物一般颤动着

[①] 马克·科克(Mark Cocker, 1959—),英国作家、博物学家。

又或是冲上沙滩,如新型海藻
由破背包、被抛弃的包装纸、缠结的绳索构成
被海潮和礁石撕碎。

但不像真正的叶子它并无根基
也不会带来任何回报,
甚至连一份空空的卡路里也没有。

是谁种下它,这无用的作物?
又是谁在收获它?
谁能说停下?

4. 中途岛信天翁

在赤裸骨架里
肋条之间全是明亮色彩:
一个标签一条丝带

一只漏气的气球
一片银箔
弹簧轮子线圈

在这只死去的幼鸟体内
那悲伤的
丝丝缕缕的羽毛袋子里
本来该是些什么呢?

那儿本该贮存着振翅的
燃料,本该有一次
洁净海面上的翱翔;
而不是这团闪烁的混乱,
这片溃烂的网结

5. 编者按

其中一条批注可能是(她说)

多少摆脱一些
规劝和绝望

相反(她说)
试着去提供
一种基于经验的对于

对于人类的理解
人类的(她说)影响力
人类的协定

然后让人们
让人们得出
让人们得出他们自己的

结论。
让他们占有自己的结论。
她说:

这么做有些危险。

6. 巫师的学徒 ①

你知道那古老的传说:
有种机器由魔鬼制造
施一句咒语
它就能生产出你想要的任何东西

有个蠢人想要盐,
盐果然就来了,越来越多,
但他却没法控制魔法
让这机器停下

---

① 此典故来自歌德同名诗作。歌德在此诗中写的是魔法师的学徒把扫帚变成仆从,让仆从为自己打水,结果学徒忘了让扫帚恢复原状的咒语,失去控制,水淹没了房屋,他只好召唤师父归来。

于是他把它扔进海里,
海就是这么变成盐的。

巫师的学徒——
也是同样的故事:开始很容易,
停止却是难题。
一开始没人会想到结束。
这时再提等待已经太迟。

对我们来说不管巫师最初是谁,
他都早已死去
我们已遗失他的指令

魔力机器一刻不停地转动
吐出无穷无尽的不可名状之物
我们把它们全都抛进海里
正如我们一贯所做的那样
而这终究没什么好结果

7. 鲸鱼

每个在电视上那方形的蓝色海洋里
看见它的人都哭了：
如此巨大又忧伤

一只鲸鱼母亲
背着她的孩子
三天，哀悼
死于有毒塑料的它。

如此巨大又忧伤
我们几乎不能理解：
为什么我们只是过着
正常的生活就造成这样的后果，

在包装袋和包装纸中
精心调遣我们的生活，

在抵达我们的食物途中

穿越一层层

用来保鲜的包装，

难道每个人不都这么做？

以前又是怎么回事？

我们怎么能够

只用纸和玻璃和锡

和麻和皮革和油布来生存？

但那头死去的鲸鱼

此刻的确出现在屏幕上：

如此巨大又忧伤，

我们一定要做些什么。

一定！一定吗？

我们会不会，最终决定要做些什么？

8. 小机器人

这是他们刚发明的
小机器人
有一张软塑料做的可爱的娃娃脸。
它的神情流露出信任
虽然也有一丝可怕:
它被设计为像孩子那样去学习。

我们给了它一些物件:
它用手摸索,探究,
咬一咬又提出疑问,
它摆弄着这些,理解信息。
然后它厌倦了
把东西都摔到地上。

或许东西破损了,
甚至还有呜咽声。

它会在乎吗?
我们真能让它达到那个地步?

它像孩子一样学习:
如何预测——他们告诉我们——
未来可能发生的事:
这个会导致那个。

小小的娃娃脸机器人,
你会在这个我们造就的世界里
把自己变成什么样呢?
你会把我们变成什么样呢?

当你被废弃
你会把自己安放到哪里?
去哪里的宇宙垃圾站?
或者你会永远活下去?
我们会不会成为你的祖先,

贪婪又沉闷?
抑或你会不会清除我们?
把我们也摔在地上?
那会不会更好?

9. 光明面

但想想光明面吧,
你说。
难道曾有过这种光明吗?

难道曾有过一朵花像这样光明
又这样持久?
在冬雪中,在葬礼后?

难道曾有过如此红的红色,
如此蓝的蓝色?
而且价格也如此便宜!

难道曾有过这样轻盈的
吊桶,把水
送进村庄?

我们干吗要用笨重的
还那么容易破碎的桶?
更别提那种橙色独木舟。

至于你的声音,从两千英里外传来
但清晰得就像口哨,就在我耳朵里——
不然它还能怎么传递?

别告诉我这不美丽——
就像日子一样美丽!
或者某些日子。

(还有那亲爱的可以拧动的

永远值得信赖的

豆绿色制冰格……)

追随雨水

一层薄薄油脂的烟雾把空气染黄。
我们呼吸着滚热的布丁。
花园里的叶子发出脆响,
如古董塔夫绸。从前的花园。
只要一碰它们就碎裂。
忘了那草坪——
从前的草坪——
尽管蒲公英正在绽放:
它们比我们脆弱的杂交作物活得更久。
它们的根须握紧了炙烤过的黏土。

一整天都蓄势待发,这雨水。
它在积聚,它在克制。
我们用大拇指触摸屏幕,
在雷达地图上询问
概率:绿色代表的积水
从西边流动到东边,
在击中那代表我们的小点之前

就消失了。
一个抻开的红点,像没有了语词的
漫画书中的对话,
像一颗颠倒的泪珠。

那就是我们生活的地方,
在这个红得像烤面包机加热时的
红色小点里;
在这个干燥的红色泡泡里。

我们站在那不再是草坪的地方,
伸开双臂,张大嘴巴。

它会燃烧还是淹没?
虽然我们已忘了那咒语,
还有圣歌、舞蹈,
我们还是向一片垂直的海洋祈求,
纯粹的蓝,纯粹的水。

快让它降临。

哦孩子们

哦孩子们,你们会不会在没有小鸟的世界长大?
在你们的年代,会不会有蟋蟀?
会不会有紫菀花?
至少,总还有蛤蜊吧。
也许没有蛤蜊。

我们知道还会有海浪。
它们不需要太多生命。
一丝微风,一阵风暴,一个气旋。
涟漪,也会有。石头。
石头令人感到安慰。

还会有日落,只要还有尘土。
一定还有尘土。

哦孩子们,你们会不会在没有歌声的世界长大?
没有松树,没有苔藓?

你们会不会终生都生活在洞穴里,
一个密封的有氧气管的洞穴,
直到断电?
你们的眼睛会不会彻底变得像蛋白般
没见过日光的鱼眼?
在那里,你们会渴求些什么?

哦孩子们,你们会不会在没有冰的世界长大?
没有老鼠,没有地衣?

哦孩子们,你们还会长大吗?

诸神的黄昏①

浅紫色,浅粉色,浅蓝色,

大气中的奇异现象:

一个发白的复活节。

我们这些神灵看守着自己的祭坛。

一个老人的鹰隼般的脸,

一个丑老太婆的暴君式双下巴。

许多珠宝。

边界之外,孤单的捕鱼人在金属制的船上

投掷一块块被切分的鲨鱼肉:

众多鸟嘴和翅膀一阵骚动。

午餐时间。心脏消化蠕动。

血液被挤压进来。

一座被遗忘的冰川的沙粒筛进我们的食管——

花岗岩碾磨成的灰色细沙——

---

① 日耳曼和北欧神话中重要的末世神话:世界先是变得无限阴冷,陷入漫长的冬季,神灵和恶魔激烈战斗;后来世界在火焰中毁灭,继而沉入海水;最后,一个新的更美丽的世界出现。

还有石灰岩：小小的牙齿，精巧的脊椎
和纤薄的壳。
它们让我们更加坚硬。我们打开了瓶子。

我们真的抱有善意吗？
对一切人类？
不再有了。
以前有过吗？

诸神皱眉时，天气糟糕。
诸神发笑时阳光明媚。
现在我们总是笑，
额叶切除术后的呆滞微笑，
于是世界灼烧。

真抱歉。我们变蠢了。
我们喝马天尼然后乘船旅行。
我们触碰的一切都变得焦红。

这片峡湾看起来像湖一样

我们在光滑的石头上
在小溪的泡沫羽毛上挑选路线,
小心翼翼地,沐浴着雾气,沐浴着小雨。
如此纷繁的色彩:岩高兰,
树叶间黑黑的圆眼睛,
大红、紫红、粉色,和橙色,
虽然一周之后它们就会消失,
这个事实触动了我们。
这里是什么?长满细细的白发的土坡?
有什么人刚被埋葬吗?
是的,有很多,在许多年间,
尽管眼前的不过是地衣。

仿佛算好时间,一群渡鸦到来。
下一个会是你吗?它们向我们发问。
它们能察觉衰败的身体:
如此急切地想啄一口。
等一下,我们对它们说。

一切就绪了。
此时池塘很美,
黄色石头,绿色苔藓,岩荠,
废弃许久的墓地,瘦弱又年迈的柳树。

Volume

5

第五辑

有 一 天

（命运三女神的和声）

有一天我会变老，
你说；比如说
正当我们晾晒洗好的衣物——
床单、枕套——
它们带着六月雨水的洁白气息
那些年你还会坚持那么做
梨花在你身周纷纷落下
像婚礼那样幸福
你的头脑唱着"呀呀呀"
就像一支和声组合，
三个长腿女孩
穿着过膝长靴，摇摆着迷你裙
如蜜蜂以复杂舞姿宣示
最终发现蜂蜜的存在。
最终我的眼睛会退化，呀呀

我的嘴巴会塞满金属,
我的脊椎会倾颓,呀呀
呀,三个灵巧的女孩唱道
她们此时化着银光闪烁的妆容
有绿色的硬挺头发。
但或许我会得到智慧,
你大笑着,说,
那像是穿越一道门。
哦呀!她们唱。见鬼吧!
到底谁需要它?
然后你把她们忘了。

今天在安静的花园里
你拄着拐杖
在凋谢的玉簪花间戳来戳去。
在哪儿呢?你对那些最后的
蓝色的紫菀花说,
对那些在圆形的石头鸟池水面上

漂浮的黄叶说。
那种智慧到底在哪里？
更别提那音乐了。
一定就在这附近什么地方吧。
现在我需要它。

可这时没人唱和声了。
她们只是在暗淡发黄的伪装之下
悄声低语。
她们也有拐杖。
就在那儿，她们说，哦呀。
智慧。
去天竺葵那里看看。

你用拐杖撬开：
只发现泥土和根须。一块石头。
也许是一扇门，你说。
呀，呀，她们小声说。

但什么也没被锁起来。门后
什么都没有。从来什么都没有。
打开它就行了。
走进去就行了。

悲伤的器皿

那支被剥夺了手的钢笔,
那把被剥夺了手的刀。
那架被剥夺了琴弓的大提琴。
那个被剥夺了言说者的词语
和被剥夺了词语的言说者。

被剥夺这个词:
谁还在说?
它被反复打磨,就像所有的词那样,
像一颗声音石头,在千万人口中,
来来回回地滚动,
被已死的人磨得更加尖利
直到它以这样的形式出现:
被剥夺
被剥夺
一块被撕扯碎裂的布。
碎裂——小小的晚霞,
桃红色的云朵们淡褪成青灰:

另一种失去。

又该用这副望远镜做什么呢,
它起码有六十年历史,
而它曾拥有的战争也已被剥夺?

寒假

我们多么迅疾地掠过了时代,
在身后留下一长串
马芬蛋糕残屑
湿毛巾以及旅馆肥皂
像森林里的白色碎石。
但它们被什么东西腐蚀了:
我们无法循着它们的痕迹
追溯那块我们曾在那里那么急切地
开始享用浆果馅小蛋糕的草地,而父母们
那时还没抛弃我们
去土地下面冒险一试。

我们的热带衣着冷酷无情:
它们打定了主意要比我们活得更久。
我们在这些衣服里皱缩,
钙质从我们的骨骼里慢慢流走。
还有我们诡诈的帽子:
我们发现它们在镜子里冷嘲热讽。

我们能买得起新 T 恤,
那些大胆的、有狂放标语的,
但似乎有点浪费:
我们已经有太多衣服了。
它们还会联合起来抵抗我们,
它们在地板上匍匐,
缠住我们的脚踝,
我们便会从楼梯上摔落下来。

尽管这样我们还是在飞快移动,
比光移动得更快。
快到下一年了,
快到最后一年了,
快到前一年了:
很熟悉,但我们没法保证。
这家户外酒吧怎么样,
有彩绘玻璃棕榈树的这家?
我们知道我们已经来过这里。

或者我们真的来过吗?我们以后会来吗?

我们会再来一次吗?

那一天远吗?

草料脚 ①

我的爱人在街上一瘸一拐
草料脚 麦秆脚 跛脚,
他曾是个军人。

他就在那儿,在前面,明亮窗户下
一个剪影,在
皮大衣,太阳镜小屋 ②,
还有女士珠宝店前面:

草料脚,麦秆……
都消散了。和阴影混在了一起。

或许那不是他自己。不是同一个,

秋日树林中大步向前的人,黄叶纷飞,

冰冻的地面上

---

① 美国内战期间,由于一些新兵左右不分,军官便在训练时将草料绑在新兵的左脚,将麦秆绑在他们的右脚,以示区分。此后"草料脚"和"麦秆脚"便成为用来指代新兵的词。
② 一个创立于美国的太阳镜零售品牌。

萦绕着雪的气味,附近有熊,
池塘水面漂着浮冰。
然后上山去,那草料脚,我气喘吁吁
只为跟上。

发生了什么?后来怎样了?
你怎么还在行走?
医生说。你已经没有了膝盖。
但他继续一瘸一拐,在街角后
我看不见的地方,
他决心一定要抵达:
某个温暖的庇护所,亲切的角落
也许有杯酒,也许有椅子。

红灯变了。黑暗在凝结:
没错就是他,
甚至一点没晚,他的竹竿脚
草料脚,麦秆脚,

缓步行军。那是很久

很久
以前,竹竿的摆动
像是嘀嗒,嘀嗒。

狮心先生

狮心先生今天不在。
他来了又去,
时隐时现。
你也许会听到咆哮,
也许不会。

上一次
他忘了什么?
我不是说钥匙、帽子。
我是说他那些泛黄的日子,
太阳,金色的奔跑。
我们所有毛茸茸的舞蹈。
这些片段在他脑海中一阵阵闪现,

但然后呢?然后是后悔
因我们已不再像往昔。
然而,还有小鸟歌唱,
那些没了名字的小鸟。

小鸟不需要它们,那些丢失的名字。
我们需要,但那是从前了。
现在,谁还在乎?
狮子并不知道他们是狮子。
他们不知道自己有多勇敢。

隐 形 人

这是漫画书里的难题:
画出隐形人。
他们的办法是用虚线画
除了我们没人能看见,

我们把鼻子压到纸上,
这张纸就是把我们和隐形人
存在之处隔开的隐形玻璃。

那就是正在等我的人:
一个隐形人
被虚线勾勒出形体:

桌边坐在我对面的
你的座位上,
缺席的形状,
像往常一样吃着吐司和鸡蛋
或出门走到马路上,

落叶一阵窸窣,
空气微微变稠。

那是未来的你,
我们都知道这一点。
你会在这里也不在这里,
那是一种肌肉记忆,就像将一顶帽子
挂在一个已不复存在的钩子上。

银 拖 鞋

不再跳舞了,但仍然
穿着我的银鞋子

我的银拖鞋,
它们的所有愿望都已耗尽

而且无法回家。
我不会去吃晚饭,那种铺着亚麻桌布的晚饭

还有为二人点燃的一对蜡烛。我会孤身一人,
坐在一个缺席者对面。

哦你去了哪里,什么时候去的?
不是去堪萨斯。

我会独自待在这个旅馆房间
小口小口地吃一块从飞机上

带来的切达奶酪。
还有盐渍杏仁。

这些就能填饱我。
我不会饿。

我会装作自己很忙。
但是这些东西都不能保护我:

不是丝绸床单
鼓胀在空中的枕头,
甚至不是携带着魔术师梦境的
幸福旅行杂志——

长着翅膀的猴子头脑
带我飞去梦幻岛,

这样的舒适和庇护——

这一切都不能弥补。

它,我们知道的这一刻就要到来,
床头的天蓝色闹钟

秒针的嘀嗒声,
它倒数着等待飞行的房屋坠落

并宁静地撞毁,死去的女巫的心
加上空空的银鞋子,一切终结。

内 部

从外面我们看见一种皱缩,
但是在内部,用心和呼吸还有内里的皮肤
去感受,却多么不同,
多么广阔 多么平静 怎样的万物的一部分,
怎样的星光闪烁的黑暗。最后一口气。或许是
神圣的。或许是解脱。恋人们
在山洞里困住又被封锁,
在最后回荡着的二重唱中
歌声响亮起来,直到那细小的蜡烛光焰
熄灭。哎不管怎样
当石头或宇宙
将你紧紧包裹
我毕竟还握着你的手而或许你也同样
握着我的手。
虽然那已不是我。我还在外面。

终 止

事物在磨损。手指也是。
指节变得像树瘤般粗糙。
你的手在连指手套中蜷曲,
别想用筷子了,也不能系纽扣。

脚有它们自己的日程。
它们嘲笑你对鞋子的品位
无视你的行踪,你的地图。

耳朵是多余的:
它们有什么用呢,
这对奇异的粉红色的薄片?
不过是头颅的霉菌。

这身体,曾是你的同谋,
现在却成了你的牢笼。
日出令你畏缩:
太明亮,太像火烈鸟。

经过一生的纠缠,
纠缠于打结的圈套和蕾丝织物,
纠缠于紫色的脑内龙卷风
及其带来的心跳加速与飞沙走石,
你盼望着迷宫的终结

祈求白色的海岸,
一片能望见天际线的海洋;
并非——并不主要是——极乐,
而是你径直前往的一条平线。

不再有嘶嘶与哗啦的声响,
不再有礁石、深渊,
不再有卡着砂石而咕噜作响的喉咙。

它听起来就像:

祛魅的尸体

祛魅的尸体——
看起来像是为一具死去的身体
起的新名字。

魔法已离你而去:
那闪烁,那火花,消散不见。
干枯的萤火虫。

但假如你现在是祛魅的,
那么从前,是谁给你施的魔法?
什么术士或女巫在你身上
投下词语的网,这符咒?
是谁把卷轴放进你傀儡的
泥土嘴巴?

生命,生命,你的每个细胞
都这样歌唱,
被迫陷入舞蹈

因为符咒束缚着你
你点燃了空气。
后来时至午夜,苍白的火焰从你身上
蹿起,你坍塌为一堆骨头。

祛魅的尸体,他们说。
完全呆滞。不再有祈祷,
跛行着直到一切消失。
一种虚构,一个片段。
无生命的。无。

可你真是这样吗?或者它是这样吗?

深深

那是个古老的词,渐渐消逝。
深深地我曾盼望。
深深地我曾渴求。
我曾深深地爱他。

我小心地沿着人行道
前进,因为膝盖已经残破
但我比你想象的
更不在乎
因为还有其他东西,更重要的东西——
等着吧,你会明白——

端着半纸杯的
咖啡还有——
深深地我懊悔——
有一个塑料杯盖——
我正努力回忆词语曾经的意义。

深深。
它曾是怎么用的?
深爱的人。
深爱的人,我们相聚。
深爱的人,我们相聚在
这个我最近发现的
已被遗忘的相册中。

渐渐消逝,
墨汁,黑白照片,彩色照片,
那时每个人都年轻得多。
宝丽来相片。
什么是宝丽来?问问新生儿。
十年前的新生儿。

该怎么解释呢?
你拍照然后相片就从顶部出来。
从什么东西的顶部?

我见过不少那样困惑的表情。

很难描述

关于我们如何——

所有这一切深深地聚在一起——

我们曾经如何生活的最微小的细节。

我们用报纸把垃圾包好

再用细线捆扎。

报纸又是什么?

你明白我是什么意思。

当然细线,我们还有细线。

它把事物连在一起。

一串珍珠项链。

他们以前会这么说。

该如何追踪那些日子?

每一天都在闪光,每一天都孤独,

每一天都已远去。

我把其中一些日子保存在抽屉里的纸上,

那些日子,渐渐消逝。
珠子可以用来计数。
比如念珠。
但我不喜欢脖子上挂一串石头。

这条街上有许多花朵,
渐渐消逝因为已是八月
而且尘土飞扬,正步入秋季。
菊花会很快开放,
属于死者的花朵,在法国。
别以为这很可怕。
这不过是现实。

要描述花朵的微小细节也是如此困难。
这是雄蕊,但和男性毫无关系。
这是雌蕊,但和枪支毫无关系①。

---

① 英文中的雌蕊"pistil"和手枪"pistol"在词形及发音上相近。

正是这些微小的细节挫败着翻译者
和我自己,试图描述的努力。
你明白我是什么意思。
你会四处游荡。你会迷失方向。
言词有这样的力量。

深爱的人,在这个紧闭的抽屉里
聚在一起,
渐渐消逝,我想念着你。
我想念已经不在的,那些更早就离开的人。
我甚至也想念仍在此处的人。
我深深地想念你们所有人。
深深地我为你们悲伤。

悲伤:那是另一个
你不再经常听到的词。
我深深地感到悲伤。

黑 莓

清晨一位老妇人
在阴影中采摘黑莓。
过一会儿就太热了
而现在果子上还挂着露水。

有些黑莓掉落了:那些给松鼠吃。
有些还没熟,是给熊留着的。
有些则会去金属碗里。
这些是给你的,你可以在片刻后就
尝到它们。
那是美好的时光:小小的甜蜜
一个接一个到来,又迅速消失。

曾经,我为你回忆的
这位老妇人
原本是我祖母。
如今她就是我。
再过些年她又会变成你,

如果你还算幸运。

在叶子和枝刺之间
摸索的手
曾是我母亲的手。
我把它们传递了下去。
几十年后,你也会研究你自己的
无法恒久的手,你会牢记。
别哭泣,这就是自然的规律。

看!那个钢碗
快装满了。够我们所有人吃。
黑莓像玻璃一样闪耀,
像十二月里我们挂在树上的
玻璃装饰
提醒我们要对雪花心怀感激。

有些黑莓在日光之下出现,

但个头更小。

正如我一直对你说的:

最好的果子总在阴影中长成。

致 谢

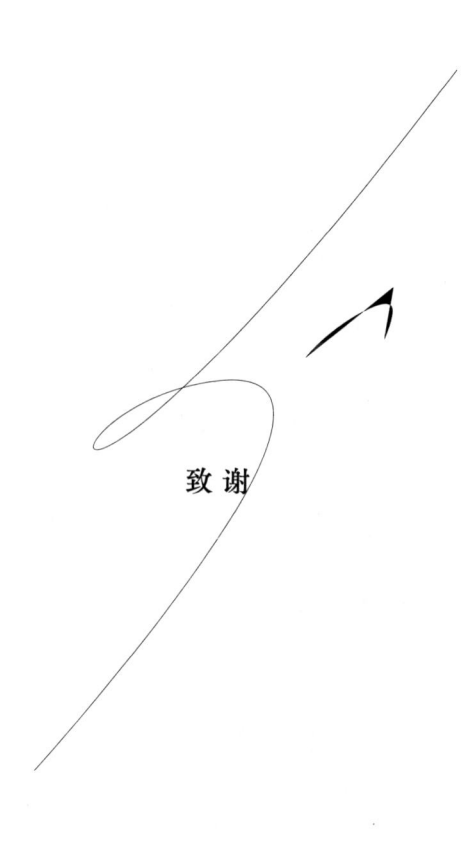

本书中的诗有一部分曾发表于下列刊物：

《奥杜邦》(*Audubon*)
《时尚芭莎》(*Harper's Bazaar*)
《纽约客》(*The New Yorker*)
《爱尔兰诗歌评论》(*Poetry Ireland Review*)

还有网络平台 Wattpad

以及下列选集：

爱德华·布尔廷斯基、珍妮弗·白希瓦、尼古拉斯·德·彭西尔 著：《人类世》(哥廷根：Steidl, 2018)

大卫·莱曼、梅杰·杰克逊 编：《2019年美国最佳诗歌》(纽约：Scribner, 2019)

美国鸟类保护协会 著：《把鸟类带回来：美洲的鸟类迁徙探索和鸟类保护》(西雅图：Braided River, 2019)

乔伊斯·卡罗尔·欧茨 编：《前沿：女作家的神秘与

犯罪小说新作》(纽约：Akashic Books，2019)

丽莎·阿皮尼亚内西、蕾切尔·霍姆斯、苏西·奥巴赫 编：《女性主义的五十种色调》(伦敦：Virago，2013)

约翰·弗里曼 编：《弗里曼：权力》(纽约：Grove Press，2018)

约瑟夫·博伊登 编：《女人：和我们的姐妹站在一起》(多伦多：Penguin Canada，2014)

约翰·弗里曼 编：《两个星球的故事：关于气候变化、分裂世界之不平等的小说》(纽约：Penguin Books，2020)

《哦孩子们》和《黑莓》曾作为《计划父母身份的七英寸》专辑之一部分，录制为黑胶唱片。

《献给遇害的姐妹的歌谣》是为男中音乔舒亚·霍普金斯而作的套曲，用来纪念他被害的姐姐。作曲家是杰克·赫吉。

图书在版编目（CIP）数据

穿过一无所有的空气/（加）玛格丽特·阿特伍德著；李琬译. -- 海口：南海出版公司，2024.4
ISBN 978-7-5735-0615-3

Ⅰ.①穿… Ⅱ.①玛… ②李… Ⅲ.①诗集-加拿大-现代 Ⅳ.I711.25

中国国家版本馆CIP数据核字(2023)第215564号

著作权合同登记号　图字：30-2024-004

穿过一无所有的空气
〔加〕玛格丽特·阿特伍德 著
李琬 译

出　　版	南海出版公司　（0898）66568511	
	海口市海秀中路51号星华大厦五楼　邮编570206	
发　　行	新经典发行有限公司	
	电话(010)68423599　邮箱 editor@readinglife.com	
经　　销	新华书店	
责任编辑	侯明明	
特邀编辑	张　典　虞欣旸　刘丛琪	
营销编辑	赵倩迪　游艳青	
装帧设计	韩　笑	
内文制作	贾一帆	
印　　刷	北京盛通印刷股份有限公司	
开　　本	850毫米×1168毫米　1/32	
印　　张	6.5	
字　　数	25千	
版　　次	2024年4月第1版	
印　　次	2024年4月第1次印刷	
书　　号	ISBN 978-7-5735-0615-3	
定　　价	49.00元	

版权所有，侵权必究
如有印装质量问题，请发邮件至 zhiliang@readinglife.com

DEARLY by Margaret Atwood

Copyright © Margaret Atwood, 2020

ALL RIGHTS RESERVED